El puentecito azul

Brenda Maier

dibujos de

Sonia Sánchez

Scholastic Inc.

A Ruby siempre se le ocurrían muchas ideas.

Un día vio unos arándanos
al otro lado del arroyo.

—Vayamos a buscar bayas
para hacer un pastel —dijo.

Todos se imaginaron el delicioso pastel.

—Por mí, bien —dijo Oscar Lee.

—Vayamos, pues —dijo Rodrigo.

—Mejor te quedas aquí —le dijo José a Ruby—. Eres muy pequeña para cruzar el arroyo.

—No soy tan pequeña —dijo Ruby.

Pero los chicos se fueron y la dejaron.

Casi se dan la vuelta cuando vieron a Santiago.

—¡Ay, no! —dijo Rodrigo—. ¿Creen que nos dejará pasar?

—Lo intentaré —dijo José, y comenzó a cruzar el arroyo.

—¿Qué haces en mi puente?
—refunfuñó Santiago.

Oscar Lee pensó rápidamente.

—Mejor esperas a que
pase mi hermana. ¡Siempre
prepara la mejor merienda
de todas!

—Anda entonces
—dijo Santiago.

Justo entonces Ruby comenzó
a cruzar el arroyo.

—¿Qué haces en mi puente?
—masculló Santiago.

—Voy a recoger bayas
para hacer un pastel
—dijo Ruby.

Santiago ni se movió.

—Yo soy el jefe y no puedes pasar... a menos que me des algo de comer.

—No tengo nada que darte —dijo Ruby.

—Entonces no puedes pasar.

—Sabía que dirías eso —dijo Ruby.

Ruby puso manos a la obra.

Movió unas piedras
del arroyo,

trajo unas tablas

y recogió unas lianas.

19

Mientras tanto,
Santiago comenzó
a inquietarse y
dio un pisotón.

¡Y se cayó de
cabeza al agua!

Ruby siguió trabajando. Puso las tablas y colocó las barandas.

Santiago se acercó chorreando agua.

—Qué lindo puente —dijo—. ¿Ya está terminado?

—Todavía le falta algo —dijo Ruby.

Le hizo algunos ajustes.

Santiago añadió algo también.

Ruby estaba muy contenta.

—Tengo hambre —dijo
Ruby—. ¿Quieres merendar?

Cruzaron juntos el arroyo
y fueron directo a buscar los
arándanos.

Más tarde, cuando regresaron los chicos, hallaron a Santiago parado junto al nuevo puente.

—Miren, ¡es mucho mejor! —dijo José.

—Pero, ¿nos dejará pasar? —dijo Rodrigo.

—Preguntémosle —dijo Oscar Lee.

—En realidad —dijo Santiago—, fue Ruby quien construyó este puente.

Pregúntenle a ELLA.

Ruby ni se movió.

—¿Se acuerdan cuando dijeron que era demasiado pequeña para acompañarlos?

Bueno, ahora yo soy la jefa y ustedes no pueden pasar...

a menos que me hagan un pastel.

José abrió mucho los ojos.

A Rodrigo se le hizo
la boca agua.

A Oscar Lee le
sonaron las tripas.

—Lo intentaré —dijo José.

—Voy a tratar —dijo Rodrigo.

—¡Espérenme! —dijo Oscar Lee.

Y desde ese día todo el mundo pudo cruzar el arroyo.

DISTINTOS TIPOS DE PUENTES

PUENTE EN ARCO

PUENTE VIGA

PUENTE EN CELOSÍA

PUENTE COLGANTE

NOTA DE LA AUTORA

El puentecito azul está basado en el cuento tradicional noruego "Los tres chivitos Gruff". Este cuento clásico fue llevado al papel por primera vez por Peter Christen Asbjørnsen y Jørgen Moe, dos amigos que querían recopilar cuentos tradicionales de su país. Asbjørnsen y Moe publicaron el cuento en la década de 1840 en una colección titulada *Cuentos populares noruegos (Norske Folkeeventyr)*. El título original del cuento en noruego era algo así como "Los tres chivitos Bruse que iban al pastizal a engordar". En 1859, George Webbe Dasent tradujo el cuento al inglés y lo incluyó en su libro *Cuentos populares de los nórdicos*. En el proceso de traducción Dasent cambió el nombre de "Bruse" por "Gruff".

"Los tres chivitos Gruff" ha sido siempre uno de mis cuentos populares favoritos. Me gustan particularmente las traducciones al inglés de Paul Galdone (Clarion, 1981) y Jerry Pinkney (Little, Brown Books for Young Readers, 2017). Si quieres leer algunas versiones no tradicionales del cuento en inglés, te sugiero *The Three Billy Goats Fluff*, de Rachael Mortimer y Liz Pichon (Tiger Tales, 2011), y *The Three Cabritos*, de Eric A. Kimmel y Stephen Gilpin (Two Lions, 2007).

Brenda Maier

Para Catren. Construiré un puente contigo cuando quieras. — B.M.

Para Alejandro y Helena. — S.S.

Originally published in English as *The Little Blue Bridge*

Translated by Abel Berriz

Text copyright © 2021 by Brenda Maier ★ Illustrations copyright © 2021 by Sonia Sánchez ★ Translation copyright © 2022 by Scholastic Inc. ★ All rights reserved. Published by Scholastic Inc., *Publishers since 1920.* SCHOLASTIC, SCHOLASTIC EN ESPAÑOL, and associated logos are trademarks and/or registered trademarks of Scholastic Inc. The publisher does not have any control over and does not assume any responsibility for author or third-party websites or their content.
ISBN 978-1-338-84913-4

10 9 8 7 6 5 4 3 2 1   22 23 24 25 26 ★ Printed in the USA   76 ★ First Spanish printing 2022

The art was created using recycled paper, charcoal pencil, pen, gouache, and a combination of traditional and digital brushes. The text type and display type were set in Sodom Regular. ★ The book was art directed and designed by Marijka Kostiw, and the original edition was edited by Tracy Mack.